Ce texte a précédemment été publié en 2008 dans la revue *Je Bouquine*
et dans l'ouvrage *Une famille aux petits oignons*,
paru en 2009 chez Gallimard Jeunesse.

Jean-Philippe Arrou-Vignod

Des vacances
en chocolat

Illustrations de Dominique Corbasson

GALLIMARD JEUNESSE

La grande nouvelle de papa

Un soir, vers la fin du mois de juin, papa est rentré plus tôt du travail. À la façon dont il a grimpé les marches de la villa en sifflotant joyeusement, le nœud papillon en bataille, on a compris qu'il manigançait quelque chose.

— Mes Jean, il a lancé, tous au jardin pour un apéritif surprise. Cacahuètes, bonne humeur et boissons gazeuses à volonté !

— Çouette ! a zozoté Jean-E. Ze pourrai boire autant de Sweppes que ze voudrai ?

— Euh… exceptionnellement, a corrigé maman qui déteste les surprises. Et à condition de ne pas te ballonner l'estomac…

— Chérie, a rétorqué papa, à soirée exceptionnelle, réjouissances exceptionnelles ! Tiens, je crois même

que je prendrai un petit whisky. Exceptionnellement, bien sûr…

On s'est tous regardés avec inquiétude. Quand
papa est gai comme un pinson, ça ne présage rien de
bon. Papa est très fort comme médecin. Mais je ne
sais pas pourquoi, ses idées géniales tournent toujours à la catastrophe. Même un apéritif en famille,
à la veille des vacances d'été.

– Et puis, a ajouté papa, si tout le monde est bien
sage, j'aurai une surprise à vous annoncer… (Il a
agité d'un air malicieux l'enveloppe qui dépassait de
la poche de son veston.) Tu ne devines pas, chérie ?

– À part ballonner tout le monde avec des boissons gazeuses, a dit maman en ouvrant des yeux
ronds, je ne vois pas du tout ce que tu…

— Vous nous avez commandé une petite sœur à La Famille Moderne ? a suggéré Jean-C.

— On va redéménazer ? a zozoté Jean-E.

— Je sais ! s'est écrié Jean-D. Un chien ! On va avoir un chien !

Papa a secoué la tête et rempoché son enveloppe mystérieuse.

— Vous ne saurez rien. Secret défense jusqu'à l'apéritif…

Maman, qui est très organisée, a repris la direction des opérations.

— Si vous avez cru une minute pouvoir en profiter pour échapper à la douche, les garçons, c'est raté. Tout le monde passe d'abord par la case décrassage.

— Et sans dispute, a prévenu papa. Sinon, apéritif surprise ou pas, ça va barder pour vos matricules.

— Dern' ! a fait Jean-C. quand on s'est retrouvés tous les cinq dans la salle de bains.

— Non, c'est moi ! a dit Jean-D.

— Les grands d'abord, j'ai dit. Pas question qu'on s'essuie dans vos serviettes trempées.

— Moi, de toute façon, a ricané Jean-A., ça fait treize ans que j'ai pas pris de douche. C'est pas des bananes comme vous qui vont m'y obliger.

— Je n'aimerais pas être à la place de tes vieilles chaussettes, a remarqué Jean-C. en se pinçant les narines.

— Tu en veux une dans la figure ? a riposté Jean-A.

— Si on faisait une bataille d'eau ? a proposé Jean-D.

– D'accord, j'ai dit. Mais on mouille pas les montres ou ça va saigner.

– Plus z'un zeste ou ze tire ! a zozoté Jean-E. en braquant sur nous la pomme de douche.

Alors forcément, ça a dégénéré. On a commencé à remplir d'eau des flacons vides pour s'arroser jusqu'à ce que papa intervienne. Heureusement que Jean-F. est trop petit pour s'en mêler lui aussi, sinon on aurait pu dire adieu à la soirée apéritif surprise !

Vivre dans une famille de six garçons, ce n'est pas facile tous les jours.

Il faut toujours tout partager : la salle de bains, les jeux, les bons desserts, les vêtements trop petits et même, chez nous, ce qu'on a de plus personnel normalement – son propre prénom. Parce que, en plus d'être six, on s'appelle tous Jean-Quelque-Chose. Une autre idée géniale de papa, comme celle de nous classer par ordre alphabétique, comme dans un répertoire téléphonique…

Jean-A., surnommé Jean-Ai-Marre, c'est l'aîné. Il passe sa vie à râler et à vouloir être le chef. Comme il a dansé avec une fille, une fois, à une boum, il nous prend tous pour des débiles. Moi, c'est Jean-B., surnommé Jean-Bon parce que je suis le plus costaud de la famille. Jean-A. dit : le plus gros, mais avec ses muscles de crevette, il peut toujours parler… Comme on est les grands, Jean-A. et moi, on a un peu plus d'argent de poche que les autres, mais c'est aussi toujours sur nous que ça retombe en cas de bêtise.

En dessous, il y a les moyens : Jean-C., alias Jean-C-Rien, l'étourdi de la famille, et Jean-D., appelé Jean-Dégâts à cause de son habileté légendaire. À eux deux, ils font vraiment la paire. Leur chambre est tellement en désordre qu'il faut envoyer une équipe de spéléos professionnels chaque fois qu'on veut y retrouver quelque chose.

Pour finir, il y a les petits. Jean-E., alias Zean-Euh parce qu'il a un cheveu sur la langue, et le bébé Jean-F., appelé Jean-Fracas, qui casse les oreilles de tout le monde dès qu'il n'est pas content.

Ajoutez à cela Wellington et Zakouski, les poissons rouges de Jean-E., Batman, le chinchilla de Jean-C., et vous aurez la famille des Jean au complet, rassemblée ce soir-là dans le jardin de notre villa de Toulon pour l'apéritif surprise de papa.

Pendant qu'on laissait couler la douche pour faire croire qu'on se lavait, maman avait préparé une table de fête. Il y avait des petites gougères (mon plat préféré), des canapés au saumon et à la crème d'anchois (beurk), une jatte de fromage blanc aux herbes pour y tremper des crudités (le plat préféré de Batman et de maman) et puis, bien sûr, plein de biscuits d'apéritif et de cacahuètes avec lesquelles Jean-C. et Jean-D. ont commencé aussitôt à se bombarder.

Papa s'était servi un petit whisky et il était de

super humeur. Il ne s'est même pas fâché quand Jean-A., à force de se ballonner l'estomac avec des boissons gazeuses, s'est mis à roter sans pouvoir s'arrêter. Ni même quand il a trempé par distraction une branche de céleri dans l'aquarium de Wellington et Zakouski que Jean-E. avait posé sur la table pour qu'ils profitent aussi de la fête…

— Je crois que je vais très vite avoir besoin d'un autre petit verre, il a seulement dit avec un drôle de rire.

— Est-ce bien raisonnable, chéri ? a demandé maman.

Mais c'est surtout Jean-F. qui a mis de l'ambiance. Depuis qu'il sait marcher, il trottine partout, les mains en l'air comme un hors-la-loi en état d'arrestation et poussant des cris stridents dès qu'on veut lui interdire quelque chose. Pour avoir la paix, Jean-C. lui avait laissé son Jokari, vu qu'il ne sait pas encore y jouer. Mais Jean-F. apprend très vite : il a levé la raquette et, pan !, a propulsé la petite balle de mousse en plein dans le verre que papa venait de se resservir…

On s'est tous mis à rigoler comme des baleines. Sauf papa, bien sûr, qui commençait un peu à perdre son sens de l'humour.

— Chérie, est-ce qu'il ne serait pas temps de coucher ce… cet… enfin ce…

— Cet enfant ? a suggéré obligeamment maman. Tu oublies ta grande nouvelle, chéri. Jean-F. a bien le droit de l'entendre, lui aussi, tu ne crois pas ?

– Oui, la grande nouvelle ! La grande nouvelle ! on a scandé en chœur.

– La prochaine fois que je rentre tôt, chérie, a dit papa, rappelle-moi que j'ai oublié de faire quelque chose d'urgent au travail…

Il s'est quand même resservi un petit verre, juste pour s'éclaircir la gorge, non sans avoir vérifié d'abord que Jean-F. était bien neutralisé.

– Eh bien voilà…, il a commencé tandis qu'on faisait cercle autour de lui.

– Stop ! l'a interrompu Jean-D., si brusquement que Batman, en équilibre sur l'épaule de Jean-C., a failli faire le grand plongeon dans la jatte de fromage blanc.

– Quoi encore ? a fait papa. Un tremblement de terre ? Une météorite ? Une épidémie de peste foudroyante ?

– Où est passé Jean-A. ?

Il avait raison. Plus de Jean-A. Et à bien y repenser, ça faisait quelques minutes qu'on n'avait plus entendu roter.

Depuis qu'il est en 4e, Jean-A. se prend pour un jeune à la mode. Il passe des heures à se regarder dans la glace et dépense tout son argent de poche en disques 45 tours… Là, Monsieur Jean-A. était rentré dans la maison sans que personne s'en aperçoive, avait allumé la télé et il se trémoussait comme un malade devant une émission de variétés !

Le sang de papa n'a fait qu'un tour. Poussant une sorte de mugissement, il s'est rué à l'intérieur, a pêché Jean-A. par le fond de son pantalon et l'a ramené *manu militari* au jardin.

C'est alors que quelque chose est tombé de la poche de Jean-A. Il a voulu le ramasser très vite, mais papa a été plus rapide que lui.

– Peux-tu m'expliquer ce que c'est que ça ? a demandé papa d'une voix glaciale.

– Un paquet de... euh... cigarettes, a fait Jean-A. de son air le plus innocent. Pourquoi ?

– POURQUOI ? a répété papa. Je te prends la main dans le sac, ou plutôt dans le paquet, et tu demandes POURQUOI ?

À son ton, on a vite compris que ça allait salement barder pour le matricule de Jean-A. Sauf Jean-C., naturellement, qui ne comprend jamais rien.

– Des Bastos sans filtre ! il s'est exclamé. Mes préférées !

– Parce que toi aussi ? a hurlé papa.

– Chéri, si nous prenions les choses avec calme ? a suggéré maman.

– Avec CALME ? a répété papa. Alors que nos fils fument des cigarettes, dansent le jerk et se bourrent de boissons gazeuses ?

Papa, lui, ne fume que la pipe. Sauf quand il est très énervé. Et là, il l'était vraiment.

– Confisqué, il a dit en piochant rageusement une cigarette dans le paquet de Jean-A.

Au contact de la flamme, la cigarette a grésillé. Papa avait beau s'époumoner, impossible de l'allumer.

Le bout a commencé à ramollir, puis à fondre carré-ment, étoilant la chemise de papa – floc! floc! – de grosses gouttes noirâtres.

– Mais qu'est-ce que…

À côté du lycée, il y a une toute petite boutique qui sent la réglisse, la poussière et les fournitures de rentrée. Jean-A. et moi, on va souvent y faire un tour après la classe. C'est là qu'on achète nos copies doubles et nos cartouches neuves, qu'on lit en cachette *Zembla*, *Tartine* et *Blek le Roc*. On y trouve aussi nos bonbons favoris et un petit rayon de farces et attrapes, avec boules puantes, poil à gratter et, bien sûr…

– Des cigarettes en çocolat! a fait Jean-E.

– Des Bastos Milk, cent pour cent chocolat au lait, a précisé Jean-C. Les meilleures.

Papa n'avait pas vraiment l'air d'apprécier. Mais devant la tête qu'il faisait, on n'a pas pu s'empêcher d'éclater tous de rire.

– Tu t'es bien fait avoir, papa, a remarqué Jean-D.

En fait, à part Jean-C., on s'était tous fait avoir.

– C'est vrai, a reconnu papa. Pardon, mon Jean-A. Je me suis emporté un peu vite.

– On peut en fumer une, nous aussi? a demandé Jean-E.

– Pas touche, a fait Jean-A. en rempochant le reste de son paquet.

– Il pourrait plus faire son malin devant les filles, j'ai ricané.

– Parce que tu crois que je m'intéresse aux filles, moi ? s'est étranglé Jean-A. Répète un peu, pour voir.

La trouille, en tout cas, lui avait passé complètement l'envie de roter. Maman est intervenue pour éviter que ça dégénère :

– Après toutes ces émotions, chéri, si tu nous expliquais enfin ta grande surprise ?

– D'accord, a fait papa. Qu'on en finisse une fois pour toutes…

C'est l'instant précis qu'a choisi Jean-F., que plus personne ne surveillait, pour déclencher l'arrosage du jardin.

Papa, afin de s'éviter cette corvée chaque soir, a eu la bonne idée d'équiper le tuyau d'un tourniquet automatique : il suffit d'ouvrir le robinet, les jets d'eau partent dans tous les sens et, en moins de temps qu'il ne faut pour le dire, la pelouse tout entière est arrosée.

Ingénieux, non ?

Heureusement qu'on avait triché tout à l'heure. Parce que là, avant d'avoir eu le temps d'intervenir, on a eu droit à une vraie douche, et tout habillés en plus…

L'apéritif dehors était fichu. Pendant qu'on rentrait en catastrophe ce qui restait à sauver, maman a trouvé plus judicieux d'aller coucher Jean-F. Tant pis s'il n'entendait pas la surprise de papa.

– Les enfants, a dit ce dernier quand on a enfin été rassemblés tous au sec sur le tapis du salon, achevons cette délicieuse soirée comme elle a commencé : dans la joie et la bonne humeur… Naturellement, il a ajouté, si l'un d'entre vous désire être expédié séance tenante chez les enfants de troupe, qu'il n'hésite pas à le faire savoir.

On a tous secoué la tête. Papa a gobé une poignée de cacahuètes toutes ramollies avant de continuer :

– Alors voilà. Cette année a été longue et difficile pour tout le monde : une nouvelle maison, de nouvelles écoles, de nouveaux amis… Chacun d'entre vous a fait beaucoup d'efforts. Pour vous en féliciter, j'ai décidé d'offrir à toute la famille de vraies vacances…

Il a sorti l'enveloppe mystérieuse de sa poche et en a tiré triomphalement un dépliant montrant une grande bâtisse blanche au milieu des pins.

– Mes Jean, il a dit, voilà l'Hôtel des Roches Rouges. Notre futur trois-étoiles, pour quinze jours en pension complète… Avec vue sur la mer, bien sûr !

Tout le monde s'est mis à crier en même temps.

– Quelle merveilleuse idée, chéri, s'est réjouie maman. Quinze jours sans faire les courses, la cuisine ni le ménage !

– Et sans mettre la table ? s'est exclamé Jean-C. qui fait toujours semblant d'oublier quand c'est son tour.

– Ze pourrai emporter mes poissons rouzes ? a zozoté Jean-E. Eux aussi, ils z'aiment les trois-z'étoiles.

– Si on réveillait Jean-F. pour le lui dire ? a proposé Jean-D.

– Surtout pas ! a dit papa.

– Vous savez quoi ? s'est écrié Jean-A. qui, pour une fois, ne râlait plus. L'hôtel est juste sur une étape du Tour de France !

– T'es sûr ? j'ai fait.

– Je connais le tracé par cœur, banane.

– On pourra le voir passer ? a demandé Jean-C.

– Bien sûr, a dit papa.

Il n'était pas peu fier de sa surprise.

Je ne l'ai pas dit pour ne pas lui gâcher son plaisir. Mais avec nous six, les vacances de papa et maman risquaient bien de ressembler aux Bastos Milk de Jean-A. : pas de vraies vacances, mais plutôt des vacances en chocolat.

Les Roches Rouges

La seule fois qu'on est allés à l'hôtel en famille, c'était pour Noël, quelques années plus tôt. On avait bien rigolé. On était partis au Mont-d'Or, dans un gros chalet tout en bois, et on avait eu au moins quarante de fièvre pendant la moitié du séjour.

Cette fois, c'est dans notre 404 familiale qu'il faisait au moins quarante.

– Chéri, je crois que tu t'es trompé au dernier croisement, disait maman.

– C'est toi qui m'as dit de tourner à droite, chérie, soutenait papa, conduisant d'une main et tentant de l'autre d'empêcher Jean-F. de mâchouiller la carte routière.

J'étais sur la banquette du milieu, jouant des coudes entre Jean-C., Jean-A. et Jean-D. Jean-E., seul à l'arrière, disparaissait au milieu des bagages qui ne rentraient pas dans la malle.

— Nous n'emporterons que le strict nécessaire, avait prévenu maman qui est très organisée. Maillot, serviette de bain et deux vêtements de rechange par personne, c'est tout…

— Hourra ! avait crié Jean-D. On se lavera pas les dents de toutes les vacances !

— … Sans oublier votre trousse de toilette, s'était dépêchée de préciser maman.

— Et nos cahiers de vacances ? avait demandé Jean-C.

— Bien sûr…

— Et mes z'affaires de coloriaze ? avait zozoté Jean-E.

— Si tu veux…

— Et les derniers Club des Cinq que m'a offerts papy Jean ? j'avais demandé.

— Si c'est un cadeau de ton grand-père…

– Je viens pas sans mon Monopoly, avait prévenu Jean-A.

– Puisque tu le demandes si gentiment…

– Et le bateau ? avait rappelé Jean-D.

Le bateau, c'est le canoë pneumatique à six places qu'a acheté papa pour la plage.

– Il a raison, chérie, il avait dit. Ce sera l'endroit idéal pour pagayer en famille, tu ne trouves pas ?

Pagayer en famille n'avait pas véritablement l'air de tenter maman, mais elle n'a pas voulu gâcher les vacances de tout le monde. Quand on est partis, la voiture était pleine comme un œuf. Le bateau, attaché sur la galerie, dépassait devant et derrière, et on avait l'impression, au milieu des embouteillages, d'être une tribu d'Indiens descendant une rivière cachés sous un canoë renversé.

Heureusement, le voyage n'était pas long. Enfin, il n'aurait pas été long si papa n'avait pas tourné à droite au croisement. Il avait les oreilles écarlates, à cause de la chaleur sans doute, et même Jean-F. sentait qu'il valait mieux se tenir à carreau.

– C'est là ! a fait soudain papa.

Il a freiné, s'est engagé brusquement sur une petite route gardée par un écriteau indiquant :

TERRAIN MILITAIRE. ACCÈS STRICTEMENT RÉSERVÉ

Ça a jeté un froid dans la voiture. Et si papa, en fait de vacances à l'hôtel, avait mis sa grande menace à exécution et nous conduisait tous les six aux enfants de troupe ?

On a parcouru le dernier kilomètre dans un silence de mort. Papa, lui, avait subitement retrouvé sa bonne humeur.

– Alors, qui avait raison de tourner à droite au croisement, chérie ? il a demandé.

Un ultime virage et il s'est rangé sur l'arrière d'un bâtiment perdu au milieu d'immenses pins parasols.

– C'est la cazerne ? a zozoté Jean-E.

– La caserne ? a rigolé papa. Quelle idée, mon Jean-E. ! C'est un vrai hôtel, mais réservé à la Marine nationale.

– On n'est pas matelots, nous, s'est inquiété Jean-D.

– Pourquoi tu crois qu'on a emporté le bateau, banane ? a fait Jean-C.

Papa est médecin de marine. Son rêve, quand il était jeune, c'était d'embarquer sur un navire de guerre et de faire le tour du monde. Avec six garçons, il n'y aurait jamais eu de cabine assez grande, alors il a dû rester à terre. Quelquefois, j'ai l'impression que, pour avoir la paix, il disparaîtrait bien pendant des mois sous la banquise à bord d'un sous-marin atomique.

– Les familles sont tolérées, nous a rassurés papa. À condition d'avoir un comportement irréprochable, bien sûr…

– J'espère au moins qu'il y aura la télé, a bougonné Jean-A.

L'Hôtel des Roches Rouges était encore plus beau que sur le dépliant de papa. Un gros bâtiment blanc sur trois étages, avec des volets et des balcons repeints à neuf, une immense salle à manger vitrée et plein de familles tolérées de la marine.

On dormait tous les six dans une seule chambre, très grande, et qui donnait sur celle de papa et maman par une porte communicante. La première nuit, ça a failli barder quand papa est entré par surprise en plein milieu d'une bataille de polochons.

— C'est ce que vous appelez lire sagement au lit ? il a demandé.

— C'est les moyens qui ont commencé, j'ai dit.

— C'est les grands qui nous ont forcés, a riposté Jean-C.

— Tu vas voir quand papa sera parti, a murmuré Jean-A. en tassant discrètement la plume de son polochon pour que ça fasse plus mal.

— Et ne m'obligez pas à revenir une deuxième fois, a menacé papa.

Dès qu'il a eu refermé la porte, Jean-D. a eu une super idée.

— Et si on jouait aux pilotes de porte-avions ?

— D'accord, a dit Jean-A. Mais c'est moi le chef d'escadrille.

Aussitôt dit, aussitôt fait. Chacun à son tour, dans le noir, on devait faire le tour complet de la chambre en sautant de lit en lit pendant que les autres nous canardaient. Impossible d'éviter le petit scrouitch ! scrouitch ! que faisaient les sommiers à ressorts. Mais ce qui a dû mettre la puce à l'oreille de papa, c'est quand Jean-C. a raté son atterrissage, touché en plein vol par une chaussette sale de Jean-A., et s'est écrasé sur le parquet comme un avion en flammes.

– Très bien, mes gaillards, a dit papa. Vous avez besoin de vous dépenser ? Ça tombe bien : à partir de demain matin, réveil à huit heures pétantes pour une petite séance de remise en forme. Et pas de tire-au-flanc ou ça bardera pour vos matricules !

« Séjours et vacances sportives dans un cadre vivifiant », disait le dépliant de l'hôtel. On aurait dû se méfier : papa, qui pensait sûrement que c'était un programme obligatoire, nous a sortis du lit chaque matin à l'aube pour la séance de gymnastique.

Pendant que maman faisait tranquillement sa toilette, on se mettait en rang sur la terrasse, mains sur les hanches et jambes écartées, et il nous montrait les mouvements.

– Respirez à fond, les enfants ! Une deux, une deux…

Il n'y a que les petits que ça avait l'air d'amuser de respirer à fond. Jean-A. grinçait dans sa barbe, Jean-C. dormait debout et Jean-D. s'amusait à nous filer en douce des coups de pied dans les tibias. Moi, je déteste faire de l'exercice l'estomac vide et me donner en spectacle. Vêtus tous les six des mêmes tee-shirts à rayures que maman nous avait commandés à

La Famille Moderne, on aurait dit qu'on jouait dans *Les Dalton font du sport,* gesticulant en cadence sous l'œil rigolard des familles normales qui prenaient leur petit déjeuner dans la salle à manger.

— Pas question de se rendre à la plage en voiture, avait aussi décidé papa.

— On va y aller *à pied* ? avait gémi Jean-A.

— Rien de mieux qu'un peu d'exercice après une longue année de latin et de télé, avait insisté papa qui est très fort comme médecin.

Pour accéder à la plage, il fallait prendre un petit sentier étroit dégringolant à travers la pinède. Pas commode avec les sandalettes en plastique de La Famille Moderne qui donnent des ampoules. Pour descendre, ça allait encore, mais remonter à midi, en plein soleil, avec le bateau qui nous dégouline dessus, les pagaies, les bouées, les serviettes, le ballon, les pelles, les seaux et le parasol à porter… On est tous arrivés à l'hôtel au bord de l'insolation.

— C'est décidé, a haleté Jean-A. L'an prochain, j'arrête le latin. Comme ça, plus besoin de vacances vivifiantes…

— Et la télé ? j'ai demandé.

— Tu rigoles ? il a fait. Plutôt mourir !

Le moment que je préfère, dans les vacances à la mer, c'est juste après le déjeuner. Il fait trop chaud pour sortir profiter de l'air marin, alors on reste à l'intérieur, les volets à demi fermés. Jean-F. fait la sieste, comme ça on a la paix, papa et maman se retirent dans leur chambre, et nous on peut commencer nos cahiers de vacances, jouer aux 1 000 Bornes ou lire tranquillement le dernier Club des Cinq.

Ce jour-là, après notre expédition de la matinée, j'ai dû piquer du nez sur mon livre parce que, à un moment, j'ai senti qu'on me secouait.

– Réveille-toi, banane, a fait la voix de Jean-A.

– Quoi ? Qu'est-ce qui se passe ? j'ai bredouillé. Dagobert a disparu ?

– Mais non, banane… C'est moi, ton grand frère chéri, a ricané Jean-A. Tout le monde dort, il a ajouté pendant que je reprenais lentement mes esprits. Si on partait explorer l'hôtel en douce ?

On a quitté la chambre sans faire de bruit. Les couloirs étaient déserts, silencieux. Dans la petite buanderie de l'étage, on a piqué des mini-savonnettes, puis on est descendus à la salle à manger. Personne. Les tables étaient déjà mises pour le dîner et j'en ai profité pour jeter un œil sur le menu.

– Mince alors ! j'ai fait. Tu devineras jamais ce qu'on aura en entrée.

– Dis toujours…

– Du singe.

– Du singe ? a répété Jean-A., incrédule. Tu me prends pour une banane ?

– Lis toi-même, j'ai dit en lui tendant le menu.

– Mince alors ! a fait Jean-A. Ils sont malades ou quoi ?

On n'a quand même pas osé entrer dans les cuisines pour vérifier. On s'est bourré les poches de tranches de pain, histoire de pouvoir sauter le dîner au cas où, et on a continué notre exploration.

Pas la peine de raser les murs ou d'éviter de faire couiner nos sandales. Tout l'hôtel semblait victime de la malédiction des sept boules de cristal : la réception était déserte et, dans le salon de lecture, un monsieur barbu dormait, bouche ouverte, un journal déplié sur les genoux.

— Tu trouves pas qu'on dirait le professeur Bergamotte ? j'ai demandé à Jean-A.

— C'est le directeur de l'hôtel, banane, il a répondu, en louchant sur les résultats de cyclisme par-dessus son épaule. J-8 avant le passage du Tour de France ! il a ajouté avec un frisson d'excitation.

Jean-A. et moi, on adore le Tour de France. Chaque année, on fait un cahier où on note la longueur des étapes, le nombre de cols, leur catégorie et le classement provisoire. On collectionne aussi les vignettes Panini des coureurs : on les achète par pochettes de cinq dans la petite boutique à côté du lycée, mais Jean-A. ne veut jamais faire des échanges quand j'ai des doubles, juste pour être le premier à finir de remplir son album.

On a commencé une partie d'échecs dans le salon de lecture mais, avec le monsieur barbu qui dormait, on avait l'impression de jouer à côté d'un mort, alors on a filé au salon de télé. Vide, lui aussi. Ça tombait bien parce que c'était juste l'heure de *Flipper le dauphin*, notre feuilleton préféré.

Mais rien à faire : le poste de télé était enfermé dans une armoire. On a essayé de forcer la serrure avec un trombone, mais il n'y a que dans les Langelot et la série des Trois jeunes détectives d'Alfred Hitchcock que ça marche, alors on est remontés dans notre chambre avant que les autres soient réveillés et découvrent notre absence.

Au passage, on a quand même remis dans la buanderie les mini-savonnettes qu'on avait piquées.

– À quoi ça nous servirait puisqu'on se lave jamais ? a ricané Jean-A.

– T'as raison, j'ai ricané à mon tour. Autant laisser ça aux maniaques de la douche.

Pour finir l'après-midi, papa a organisé un tournoi de pétanque. Jean-D. n'arrêtait pas de râler parce qu'il avait des boules en plastique, comme les petits, et papa passait son temps à rattraper Jean-F. qui courait derrière le cochonnet et se mettait à hurler dès qu'on voulait le lui reprendre.

– Tu es sûr que tu ne veux pas que je le prenne avec moi, chéri ? a demandé maman qui lisait tranquillement sur le balcon de leur chambre.

– Mais non, chérie, a dit papa. Pour une fois qu'on s'amuse entre hommes…

Je faisais équipe avec Jean-A., mais c'était pas drôle parce que Jean-A. voulait toujours tirer au lieu de placer ses boules.

– Regarde, il a fait. Je vais faire un carreau.

– Arrête, j'ai dit. Tu tires comme une savate ! À cause de toi, on va perdre la partie…

– Savate toi-même, il a dit avant de dégommer avec sa boule un pot de bégonia de l'hôtel.

Quand Jean-C. a fait tomber les siennes sur le pied de Jean-D., papa n'a plus eu l'air d'avoir envie de s'amuser entre hommes. Heureusement, c'était presque l'heure de dîner. Le temps de se laver les mains, de se donner un petit coup de peigne et on est descendus à la salle à manger.

Comme c'est un hôtel de la marine, papa appelle la salle à manger « le mess » et il met toujours une cravate pour dîner. « Je compte sur vous pour bien vous tenir, les enfants, prévient-il avant chaque repas. Sinon, je vous rappelle qu'il existe une excellente pension pour les enfants de troupe… »

– Eh bien, il a dit joyeusement ce soir-là. Qu'y a-t-il de bon ? J'ai une faim de loup !

La partie de boules nous avait tous creusés.

– Quelle gentille famille vous avez là ! a dit le serveur d'un air attendri. Ce soir, en entrée, le chef vous propose : singe ou petite soupe de légumes…

– Du singe ? a répété Jean-C. avec un haut-le-cœur.

– Du sinze ? a zozoté Jean-E. On va manzer du cinpanzé ?

– Ou du ouistiti ? a fait Jean-D.

– Avec de la mayonnaise, a confirmé Jean-A. d'un air sinistre.

29

– Et des cornichons, j'ai dit.

– BEURK ! ont fait Jean-C., Jean-D. et Jean-E., tandis que Jean-F., sur sa chaise haute, se mettait à hurler à pleins poumons.

Toutes les tables nous regardaient et le serveur n'avait plus l'air attendri du tout. Papa a ri jaune, comme si on venait tous de faire une bonne blague pour amuser la galerie.

– Apprenez, les enfants, il a commencé, que le singe est une sorte de pâté…

– Du pâté de babouin ? a fait Jean-A. en devenant aussi vert que la nappe.

– Ze veux pas manzer les sinzes du zoo en pâté ! a zozoté Jean-E. en se mettant à pleurnicher.

– Mais non, mon Jean-E., est intervenue maman en foudroyant papa du regard. Le singe n'a rien à voir avec du vrai singe. C'est seulement le surnom qu'on donne dans l'armée au corned-beef, une préparation de bœuf en saumure…

– C'est quoi, de la saumure ? a demandé Jean-C. à moitié rassuré.

– Une sorte de vinaigrette, a expliqué maman qui est très forte comme cuisinière.

– Du bifteck à la vinaigrette, alors ? a fait Jean-C. qui ne comprend jamais rien.

– Garçon, a dit papa au serveur, ce sera petite soupe de légumes pour tout le monde.

À part maman, on faisait tous la tête en mangeant notre entrée. Nous parce qu'on n'aime pas la soupe, et papa parce qu'il avait trempé sa cravate dans son assiette en attrapant le sel.

Par chance, après, il y avait du poulet avec des frites à volonté, et une glace à la vanille en dessert.

À la fin du dîner, papa a suggéré :

– Pendant que votre maman et moi allons prendre une infusion sur la terrasse, pourquoi ne débarrasseriez-vous pas le plancher ?

– Chéri ! l'a grondé maman.

– Euh… je voulais dire : pourquoi n'iriez-vous pas tous regarder *Intervilles* à la télévision ? s'est rattrapé papa.

– Chouette ! on a tous crié. Merci papa !

On a vite déguerpi au salon de télé avant qu'il ne change d'avis. Il y avait déjà beaucoup de monde,

alors on a fini la soirée tous les six dans le même canapé, à se gondoler comme des baleines devant *Intervilles* en grignotant les tranches de pain dont on s'était bourré les poches dans l'après-midi.

– Dommage que Batman soit pas là, a dit Jean-C. à un moment. Il adore *Intervilles*.

– Tu rigoles ? a fait Jean-A.

– Tu veux parier ? a dit Jean-C.

– Il préfère pas *La Vie des animaux* ? j'ai rigolé.

– Ou Bugs Bunny ? a ricané Jean-A.

– Batman est un chinchilla, a précisé Jean-C. Pas un vulgaire lapin.

– CHUT ! ont fait les familles de la marine qui regardaient *Intervilles*.

– Tu sais quoi ? j'ai murmuré à Jean-A. On est quand même mieux ici qu'au grand air, non ?

– Tu parles ! il a dit. Rien de mieux qu'une bonne soirée télé.

Et on a continué à se bidonner tous les six en espérant que papa et maman reprendraient bien une petite infusion.

Une soirée au cirque

La première semaine est passée très vite.

Papa et maman avaient eu une super idée : inscrire Jean-E. et les moyens au club Mickey de la plage. Bon débarras. Pendant qu'ils rebondissaient sur le trampoline ou faisaient des concours de châteaux de sable, Jean-A. et moi on partait pagayer avec papa.

Le canoë pneumatique, pour nous trois, était presque trop grand. Quand on était assez au large, on enlevait les gilets de sauvetage que maman nous obligeait à porter. On accrochait le bateau à une bouée, on chaussait nos palmes, puis on crachait dans nos masques, un vieux truc pour empêcher la buée de se former à l'intérieur.

– Tu veux que je bave un peu dans le tien ? ricanait Jean-A.

– Fais ça et tu es mort, je ripostais.

– Parés à plonger, les gars ? lançait papa quand on était prêts.

– Parés !

Et hop ! on se laissait tomber à l'eau à la renverse, comme de vrais nageurs de combat. Avec Jean-A., on s'était entraînés à plonger sans bouteilles. Pour ça, il faut être capable de retenir sa respiration très longtemps. Chacun à son tour, on se chronométrait dans la salle de bains avec la montre étanche de Jean-A. Moi, mon record est de deux minutes quarante. Celui de Jean-A., c'est beaucoup plus. Et encore, le jour où il l'a battu, c'est moi qui ai arrêté de chronométrer : il avait les yeux fermés, les joues gonflées comme un mérou et la main sur la bouche, soi-disant pour empêcher l'air de sortir.

– Alors ? il a demandé en haletant.

– Dix-sept minutes et vingt-trois secondes, j'ai dit.

– Pas mal, il a fait, modeste. J'ai gagné presque seize minutes sur mon record précédent !

– Tu n'es qu'un gros tricheur, j'ai dit. Tu respirais en cachette par le nez.

– Moi ? il a ricané. Répète un peu, pour voir.

– Personne ne peut s'arrêter de respirer plus d'un quart d'heure, j'ai dit.

– C'est parce que j'ai une technique spéciale, il a fait.

– Une technique ?

– J'arrête les battements de mon cœur pour économiser l'oxygène.

– Tu as appris ça dans le *Manuel des Castors Juniors* ? j'ai ricané.

– En vrai, c'est super fastoche, il a dit. Tu verras quand tu seras en 4ᵉ.

Ça marchait peut-être dans la salle de bains, mais pas dans les vraies plongées. Parce qu'à chaque fois, Jean-A. remontait au bord de l'asphyxie, les yeux hors de la tête, sans même avoir réussi à descendre jusqu'au fond.

– Mais si, j'ai touché ! il crachotait.

– Montre le sable que tu as rapporté, alors…

– C'est la faute de mon masque. Il n'arrête pas de prendre l'eau et ça m'oblige à remonter.

– Je te prête le mien si tu veux. Mais je te préviens : j'ai sacrément craché dedans !

L'eau était verte, tiède, avec des courants froids qui nous donnaient la chair de poule. Sur le fond, quelquefois, il y avait des étoiles de mer, on les rapportait dans un seau pour les montrer à maman et Jean-F. Mais elles n'étaient jamais aussi belles qu'à travers la vitre du masque, comme si elles avaient perdu leur éclat en remontant à la surface. D'autres fois, c'est des oursins qu'on attrapait – enfin, que papa attrapait. Ils vivent dans les trous des rochers, alors c'est difficile de les saisir sans s'enfoncer des piquants sous la peau. Mais quand papa nous les posait délicatement dans la paume, on sentait les pointes bouger très doucement, à la façon de minuscules mandibules, comme si l'oursin cherchait à s'enfuir.

Si j'ai un conseil à donner, ne faites pas comme Jean-A. Au lieu de remettre notre pêche à l'eau, il a voulu faire sécher en cachette sous son lit une étoile de mer et un couple d'oursins violets. Mais au bout de quelques jours, ça puait jusque dans la chambre de papa et maman, tellement qu'ils ont cru qu'il y avait un cadavre de chaussette quelque part… Ils ont fouillé la chambre de fond en comble et les trésors de Jean-A. ont terminé à la poubelle.

À l'heure de la sieste, à cause de Jean-A. et de Jean-C. qui n'arrêtent pas de se disputer pour tenir la banque au Monopoly, maman a organisé une nouvelle activité. Elle a acheté une série de cartes postales et on doit, chaque jour, en écrire une à la famille pour dire combien on passe de chouettes vacances tous ensemble à l'hôtel de la marine.

Cet après-midi-là, c'était au tour des cousins Fougasse. Jean-A. a écrit en s'appliquant :

Chers cousins,

Merci pour les vieux vêtements que vous nous avez passés. Mais vous pouvez toujours vous brosser pour qu'on les mette, vos shorts pourris. À part ça, est-ce que vous avez toujours les oreilles aussi décollées que l'été dernier ? Nous, on rigole bien à la mer…

On allait tous signer la carte en se bidonnant comme des bossus quand un boucan inhabituel a éclaté dehors. Le temps qu'on se rue sur le balcon, tout l'hôtel était à la fenêtre, tiré en sursaut de la sieste et se demandant ce qui pouvait faire tout ce tintamarre.

C'était une Ami 6 publicitaire, peinte de toutes les couleurs, avec sur le toit un haut-parleur qui braillait à tue-tête. Elle a fait trois fois le tour de l'hôtel en répétant comme un disque rayé :

– CE SOIR À VINGT-DEUX HEURES, REPRÉSENTATION EXCEPTIONNELLE DU GRAND CIRQUE PIPOLO ! TARIF RÉDUIT POUR LES FAMILLES NOMBREUSES ET LES MILITAIRES !

– Ça tombe bien, a remarqué Jean-A. : on est les deux. On aura double réduction.

– Un cirque ! a applaudi Jean-C. Génial !

– Avec un dompteur ? a demandé Jean-F.

– Et un mazicien ? a zozoté Jean-E. Et une ménazerie ?

Le seul cirque qu'on connaisse, c'est *La Piste aux étoiles*, à la télévision. En remontant de la plage, on avait bien remarqué quelques roulottes, installées en plein soleil dans un terrain vague. Mais de là à penser que c'était un vrai cirque, avec un vrai chapiteau, de vrais trapézistes et de vrais numéros de dressage !

– Ne nous emballons pas, a dit tout de suite papa. Je ne crois pas que ce soit une bonne idée…

– Mais pourquoi ? on a protesté.

– D'abord, le spectacle ne commence qu'à vingt-deux heures. Vous n'avez pas l'âge de veiller aussi tard.

– Mais c'est les vacances ! j'ai dit.

– Justement, a rétorqué papa. À une certaine heure, votre maman et moi avons le droit d'avoir la paix…

– Y a qu'à envoyer les petits et les moyens se coucher, a proposé Jean-A.

– Pas question de faire des préférences, a dit maman pendant que Jean-C. balançait une taloche à Jean-A.

– Alors on y va sans les petits, a suggéré Jean-D.

– Ze veux z'y aller aussi ! a bramé Jean-E. en lui filant un coup de pied.

Comme ça dégénérait, papa et maman ont mis tout le monde d'accord. Puisqu'on était incapables de passer cinq minutes sans se disputer, l'affaire était réglée : personne n'irait au cirque ! On ne le méritait vraiment pas… surtout après la carte postale qu'on avait rédigée pour ces pauvres cousins Fougasse, a ajouté maman à l'attention de Jean-A.

On a fait la tête le reste de l'après-midi.

– C'est pas juste, jurait Jean-A. Pourquoi tout le monde peut y aller et pas nous ?

– Moi, râlait Jean-D., quand je serai grand, je serai jongleur. Je passerai mes journées au cirque et personne pourra rien dire…

– Jongle avec des bananes, j'ai grogné en haussant les épaules. C'est à cause de vous qu'on peut pas y aller.

– Répète un peu, pour voir ? a fait Jean-C.

Le soir, au dîner, ça été un vrai supplice : on entendait les flonflons du cirque, au loin, apportés par le vent, et les familles autour de nous se dépêchaient de finir de manger pour ne pas rater le début de la représentation. On était tellement dégoûtés qu'on est montés se coucher juste après, sans même demander à regarder la télé.

On était allongés dans le noir depuis moins d'une demi-heure quand Jean-A. a murmuré :

— Tant pis ! Moi, j'y vais.

— Moi aussi, j'ai lancé.

En fait, on avait eu la même idée : on s'était couchés tout habillés pour ne pas perdre de temps.

— Et si on se fait prendre ? j'ai quand même demandé à Jean-A. tandis qu'on sortait à tâtons de la chambre pour ne pas réveiller les autres.

— Je dirai que c'est toi qui m'as forcé, il a fait.

On s'est faufilés hors de l'hôtel sans rencontrer âme qui vive. Dehors, la nuit était noire, un peu inquiétante. Le mistral s'était levé, faisant grincer la cime des pins. On en avait à peine pour dix minutes à pied mais, à mesure qu'on s'enfonçait dans l'obscurité du bois, on a commencé à baliser sérieusement.

— Tu entends ? a demandé Jean-A. à un moment.

— Quoi ?

— Des pas… Quelqu'un nous suit !

— T'es malade ? j'ai essayé de plaisanter. C'est juste le vent…

On s'est quand même mis à sprinter comme des dératés, poursuivis par l'impression de faire une très grosse bêtise, jusqu'à tomber enfin sur la musique et les lumières du cirque Pipolo.

– Tu es sûr que c'est là ? a fait Jean-A. hors d'haleine.

On s'était attendus à un immense chapiteau. À la place, éclairée par une guirlande électrique qui ballottait au vent, se dressait une tente un peu miteuse. À l'intérieur, ça sentait le pipi de chat. Pas de gradins ni d'orchestre comme dans *La Piste aux étoiles*. On s'est trouvé des places sur des chaises pliantes disposées en cercle. Juste à temps : il y a eu un roulement de tambour, le spectacle allait commencer.

– Je parie que ça va être les lions, a murmuré Jean-A. avec un frisson.

Je n'ai pas répondu. En retournant nos poches, on avait eu juste assez pour payer nos entrées. Comme c'était sur le pécule spécial vacances que nous avaient donné papa et maman, j'étais à la fois très excité et pas vraiment fier de moi.

Un grand type est apparu, équipé d'un fouet et d'un pantalon rouge qui pochait aux fesses.

– Le dompteur ! a triomphé Jean-A.

Sauf qu'à la place des lions, il y avait trois chiens vêtus de maillots de corps d'acrobates qui se sont mis à jouer à saute-mouton et à marcher sur les pattes arrière.

J'ai applaudi, parce que j'adore les chiens, mais j'étais quand même impatient de voir les lions. Ils devaient les garder comme clou du spectacle parce que le numéro d'après s'appelait « Les Soucoupes volantes ».

Je m'attendais à un truc avec des Martiens. En fait, c'est M. Pipolo qui est reparu et qui s'est mis à faire tourner des assiettes à café au bout d'une baguette. Il ne portait plus le pantalon poché de tout à l'heure, mais tout le monde l'a reconnu à cause de la moustache en forme de peigne qui lui pendait au nez.

Tout à coup, Jean-A. m'a filé un grand coup de coude dans les côtes.

— Regarde ! il a dit en montrant les spectateurs en face de nous.

Au premier rang, bouche ouverte et les yeux ronds comme les soucoupes de M. Pipolo, était assis Jean-C.

— Mince alors ! j'ai dit quand on a pu le rejoindre à l'entracte. Qu'est-ce que tu fais là ?

— Et vous deux ? il a riposté.

— Papa et maman vont te tuer quand ils vont savoir, a ricané Jean-A. en se frottant les mains.

— Toi aussi, je t'apprendrai, a fait Jean-C.

— Essaie un peu de cafter, pour voir, j'ai dit.

— J'ai voulu vous rattraper sur la route, mais vous couriez comme des malades, a expliqué Jean-C.

— C'est toi qui nous suivais, alors ?

— J'espère que personne ne t'a vu, s'est inquiété Jean-A.

— Tu me prends pour une banane ? a fait Jean-C. en haussant les épaules.

Comme il lui restait un peu d'argent de poche, on a acheté des cornets à l'ouvreuse, histoire que la fête soit complète.

– Mince alors ! j'ai réalisé soudain. Et si des gens de l'hôtel nous reconnaissent ?

On n'avait pas pensé à ça : avec nos oreilles décollées et nos tee-shirts à rayures de La Famille Moderne, on était aussi repérables dans la foule que le nez au milieu de la figure. Toutes les familles de la marine pourraient raconter au petit déjeuner qu'elles nous avaient vus au cirque en train de nous empiffrer de crème glacée…

– Séparons-nous, a proposé Jean-A. On se retrouvera incognito à la sortie.

Aussitôt dit, aussitôt fait. J'ai trouvé une place derrière l'un des piliers du chapiteau et la deuxième partie du spectacle a commencé.

L'ouvreuse s'était changée. Sa tenue d'écuyère la boudinait un peu et le poney qu'elle montait n'avait pas dû être brossé depuis longtemps parce qu'à chaque acrobatie, un panache de poussière montait dans la lumière du projecteur. Ce n'était pas un numéro terrible, mais bon, pas mal quand même pour une ouvreuse… Sauf qu'à la fin, le poney a eu un gros oubli sur la piste et qu'il a fallu apporter d'urgence une pelle et une balayette pour réparer les dégâts.

Après, ça a été le tour de « L'Incroyable Homme-orchestre ». Un type qui ressemblait comme deux gouttes d'eau à M. Pipolo s'est mis à jouer en même temps de l'harmonica, du tambourin et du banjo, tout en cognant avec un maillet sur la grosse caisse attachée dans son dos ! Incroyable… Le plus bizarre, c'étaient ses chaussures : du 54 de pointure au moins, qui se mettaient à klaxonner par moments, le faisant sursauter comme si on l'avait mordu au derrière.

Puis le Grand Magicien Pipolo a scié en deux l'ouvreuse-écuyère qu'il avait enfermée dans une caisse de déménagement. Il avait beau faire semblant, on savait tous qu'il y avait un truc, vu qu'ils n'étaient que deux et que c'était elle qui vendait les esquimaux. Mais quand les deux parties de la caisse se sont séparées, avec la tête d'un côté et les jambes qui gigotaient de l'autre, on n'a plus rigolé…

L'heure de la fin du spectacle approchait déjà. M. Pipolo est revenu sur la piste déguisé en Mexicain et il a demandé le silence absolu durant l'exécution du dernier numéro.

« Exécution », le mot était bien choisi. On retenait tous notre souffle quand l'ouvreuse – qui était réapparue entre-temps en un seul morceau – a pris place devant une grande cible de contreplaqué.

J'avais déjà vu un numéro comme celui-là dans *Les Sept Boules de cristal* : à un moment, Tintin retrouve au music-hall son ami le général Alcazar, devenu Ramon Zarate, qui gagne sa vie en lançant des couteaux sur un Indien en poncho rayé. Quand il se fait bander les yeux, à la fin, tout le monde croit que l'Indien va finir transpercé, mais celui-ci reste impassible, et la lame vient se ficher pile dans la cible qu'il tient sur sa poitrine.

Là, c'était moins impressionnant que dans Tintin. D'abord parce que M. Pipolo avait remis son pantalon poché et que son chapeau mexicain n'arrêtait pas de lui tomber sur les yeux. Peut-être aussi qu'il n'avait pas les bons couteaux : les siens ressemblaient à des couteaux de cuisine et avaient du mal à se planter dans la cible. Ils rebondissaient dessus avec un petit tsoing ! agaçant, ce qui faisait sursauter l'ouvreuse à chaque fois. Tout le monde poussait un cri, comme si elle avait été blessée à mort et, à la fin, quand elle est venue saluer, au lieu d'avoir sa silhouette dessinée par les couteaux sur le contreplaqué, la cible était criblée de trous comme une tranche de gouda.

– C'était génial ! a dit Jean-C. quand on s'est retrouvés dehors dans la nuit.

– Sûr, on a fait, Jean-A. et moi.

Je n'osais pas me l'avouer, mais j'étais super déçu, en fait. Je m'étais imaginé autre chose, je ne sais pas quoi. Maintenant, j'avais hâte de retrouver l'hôtel, mon lit, hâte d'oublier que j'avais, pour cette soirée, désobéi à papa et maman et claqué l'argent de poche du reste des vacances.

– Vous savez quoi ? a continué Jean-C. pendant qu'on remontait dans le noir. C'était mille fois mieux en vrai qu'à la télé.

– À la télé, au moins, a remarqué Jean-A., ça sent pas le crottin de poney…

– Moi, quand je serai grand, a fait Jean-C., je serai lanceur de couteaux.

– Au cirque Pipeau ? j'ai demandé.

– Pipeau toi-même, a dit Jean-C.

– Habile comme tu es, t'auras intérêt à lancer des couteaux à beurre, a ricané Jean-A.

– Puisque c'est comme ça, s'est vexé Jean-C., vous me devez 1,50 franc chacun pour les cornets.

– 1,50 pour une glace pourrie ? a dit Jean-A. Tu rigoles !

– Sinon, je le dis à papa et maman, a menacé Jean-C.

Il n'en a pas eu besoin.

On est rentrés dans l'hôtel en se chamaillant à mi-voix. Pas un chat dans les couloirs. Il était plus de

vingt-trois heures trente, tout le monde devait dormir profondément. Enfin, presque tout le monde… Parce que quand on a ouvert la porte de la chambre en catimini, la lumière s'est allumée brusquement.

Papa et maman nous attendaient, en pyjama et chemise de nuit, bras croisés sur la poitrine et l'air pas contents du tout.

Ça allait sacrément barder pour nos matricules.

J - 0

— Messieurs, a dit papa d'une voix glacée, j'attends des explications.

— Euh… C'est-à-dire… Le cirque Bidolo…, a balbutié Jean-A.

— Pardon ?

— Le cirque Pinocchio…, j'ai bredouillé.

— Comment ?

— Le cirque PiloPilo…, a mâchouillé Jean-C. à son tour.

— Eh bien ?

— C'est Jean-B. et Jean-C. qui ont voulu y aller, a expliqué Jean-A. En tant qu'aîné, j'ai cru de mon devoir de…

— Quoi ? j'ai protesté. C'est toi qui as eu l'idée en premier !

– En plus, ils m'ont forcé à leur payer des cornets !
a prétendu Jean-C. à son tour.

– SILENCE ! a ordonné papa. Puisque vous mentez
comme des arracheurs de dents…

– C'est quoi, des arraceurs de dents ? a zozoté Jean-E.

C'est Jean-D. et lui (on l'a appris après) qui s'étaient
réveillés et, ne nous voyant plus, avaient prévenu papa
et maman. Soi-disant parce qu'ils étaient inquiets…
Pour l'instant, assis dans leur lit, ils faisaient les inno-
cents à moitié endormis, papillotant des yeux comme
si la lumière les blessait.

Ça se réglerait plus tard à coups de polochon. Ils
ne perdaient rien pour attendre, foi de Jean-B. !

– Des arracheurs de dents, a commencé à expliquer
maman qui ne rate jamais une occasion d'enrichir
notre vocabulaire, c'est le nom qu'on donne…

– Chérie, l'a coupée papa, je ne crois pas que ce
soit tout à fait le moment.

– Tu as raison, chéri, a approuvé maman.

– … Donc, a repris papa, puisque vous mentez
comme des arracheurs de dents, vous serez punis tous
les trois.

– S'ils sont privés de dessert, je pourrai avoir leur
part ? a demandé Jean-D.

– T'auras plus de dents pour les manger, a juré
Jean-A. en se frottant les poings.

– SILENCE ! a ordonné à nouveau papa. Demain,
pour la peine, vous resterez consignés dans votre
chambre.

— Impossible, a fait Jean-C.

— Tiens donc ! a grondé papa. Et pourquoi, je te
prie ?

— Parce que c'est le jour du Tour de France…

Jean-A. et moi, on a blêmi d'un seul coup.

— Le Tour de France ? j'ai répété. On est J-1 ?

— J-0 ! a corrigé Jean-A. avec accablement.

J'ai regardé ma montre : il était déjà minuit passé.
Dans quelques heures, le Tour de France faisait étape
en ville. Tout excités par notre envie d'aller au
cirque, on l'avait oublié…

— Eh bien tant pis, a dit papa. Pas de Tour de France.
Ça vous apprendra à courir les lieux de perdition.

Catastrophe ! On ne pouvait pas imaginer pire comme punition.

– C'est quoi, un lieu de perdition ? a demandé Jean-D.

– Un lieu de perdition…, a commencé maman, mais le regard que lui a lancé papa lui a fait comprendre que ce n'était pas tout à fait le moment non plus.

– Maintenant, au lit, tout le monde, a ordonné papa. Et que personne ne bronche avant demain matin ou vous aurez de mes nouvelles.

J'ai mis du temps à m'endormir cette nuit-là.

Mes oreilles bourdonnaient encore de la fanfare du cirque Pipolo, comme si l'Ami 6 et son haut-parleur avaient tourné sans fin tel un remords autour de l'hôtel.

Je m'en voulais et j'étais dégoûté, les deux ensemble… Furieux aussi qu'on se soit fait prendre. Cela faisait des semaines qu'on rêvait de cette étape du Tour de France, qu'on suivait le classement sur le journal, qu'on pariait sur qui allait gagner… Et à cause du cirque Pipolo, tout était tombé à l'eau.

J'ai dû m'endormir finalement parce que le chapiteau s'est transformé peu à peu en cirque romain. Habillé en gladiateur, je combattais un lion dans l'arène, armé seulement d'un couteau de cuisine, tandis que la foule s'égosillait. À la fin, l'empereur baissait le pouce et je mourais asphyxié sous une avalanche de chaussettes sales de Jean-A…

Je me suis réveillé tout en sueur, avec l'impression que quelque chose de grave était arrivé.

La réalité m'a sauté brutalement au visage. On était à J-0, le jour où on allait rater le Tour de France.

Mais que se passait-il ? Les volets étaient grands ouverts, on entendait des coups de klaxons et toute la famille gesticulait en pyjama sur le balcon.

— Bonzour ! zozotait Jean-E. On vous rezoint pour le petit dézeuner !

Je me suis penché par le balcon à mon tour pour voir qui klaxonnait si joyeusement sous nos fenêtres.

C'était papy Jean et mamie Jeannette.

— Ça, pour une surprise, c'est une surprise, a marmonné papa en descendant les accueillir. Pour une fois qu'on pouvait échapper à ta mère...

— Chéri ! a protesté maman. Ils ont fait toute cette route pour nous voir.

Nous, on adore papy Jean et mamie Jeannette. Enfin, surtout papy Jean. Mamie Jeannette est super gentille mais un peu stricte. Par exemple, elle trouve les cousins Fougasse bien mieux élevés que nous parce qu'ils se lavent les mains six fois par jour et qu'ils lui envoient, à chaque Noël, le même assortiment de pâtes de fruits. Avec papy Jean, au moins, on peut rigoler : il nous appelle « le gang des oreilles décollées », nous emmène à la pêche et a toujours une histoire drôle ou un petit cadeau à tirer de sa poche quand ça va mal.

Là, ils ne pouvaient pas tomber mieux tous les deux.

– Cet endroit est charmant, a décidé mamie Jeannette pendant qu'on prenait le petit déjeuner tous les huit sur la terrasse. Comment l'avez-vous trouvé, mon gendre ?

– Par la marine, s'est rengorgé papa.

– La marine ? a remarqué mamie Jeannette. Tiens donc. Et on y tolère les enfants avec les cheveux aussi longs ? Les cousins Fougasse, eux…

– Et si vous vous occupiez plutôt de vos…, a commencé papa.

Maman l'a coupé avant que ça dégénère.

– Quelle bonne idée d'être passés nous voir !

– Si ça ne t'ennuie pas, a fait papy Jean, je t'emprunte tes garçons pour la journée.

On l'a tous regardé avec surprise.

– Enfin, sauf Jean-F. qui est un peu petit, il a précisé.

On ne comprenait toujours pas où il voulait en venir.

– Voilà, il a expliqué en se tournant vers nous avec l'air bien embêté. Je crains que votre grand-mère ne se passionne pas pour le cyclisme. Cela fait deux étapes du Tour qu'elle suit gentiment avec moi. Comme celle d'aujourd'hui arrive pas loin d'ici, je me demandais si ça ne vous embêterait pas de… enfin… de m'y accompagner.

– Nous ? on a fait, incrédules. Tous les cinq ?

– Sauf si ça vous ennuie, bien sûr, a ajouté papy Jean en nous faisant un clin d'œil appuyé.

– Un instant, est intervenu papa. Ces jeunes gens sont consignés pour la journée dans leurs quartiers.

– Chéri, a suggéré maman, nous pourrions peut-être reporter la punition…

– C'est J-0 ! Dis oui, papa, s'il te plaît ! on a supplié.

– Je rangerai ma chambre à fond tous les jours jusqu'à mes vingt et un ans ! a offert Jean-C.

– Je ne ferai plus jamais la tête ! a proposé Jean-A.

– Et moi, j'arrêterai de faire semblant de lire chaque fois qu'on m'appelle pour mettre la table ! j'ai promis.

– Et puis cela fera le plus grand bien à ces enfants d'être un peu repris en main, a ajouté mamie Jeannette.

– Bon, a cédé papa en poussant un gros soupir. Si tout le monde s'y met… Permission accordée, de manière tout à fait exceptionnelle.

On s'est précipités dans ses bras.

– Merci, papa ! Juré, craché : on n'ira plus jamais au cirque en cachette.

– J'y compte bien, il a fait. Recommencez et vous filerez directement aux enfants de troupe.

– Finalement, a conclu maman pendant qu'on se préparait joyeusement dans la chambre, tu dois être content de souffler un peu sans les enfants, chéri.

– Absolument, chérie, a approuvé papa d'une voix sinistre. Rien ne pouvait me faire plus plaisir que de passer la journée avec ta mère en maillot de bain…

Grâce à papy Jean, ça a été un super J-0.

– Je t'apprendrai qu'on dit pas J-0, a ricané Jean-C. quand on a grimpé dans la voiture.

– Ze sais, moi, a zozoté Jean-E. On dit le zour Zi.

– Le jour J, tu as raison, a confirmé papy Jean.

– Le jour J, ça veut dire le jour des Jean ? a demandé Jean-D.

– Non, le jour des Gifles, a fait Jean-C. en lui mettant une torgnole.

– T'es vraiment une banane en orthographe, a ricané Jean-A.

– Pourquoi ? a demandé Jean-C. Ça s'écrit pas avec un *j* ?

– Quel pipolo ! j'ai ricané à mon tour.

– Pipolo toi-même ! a riposté Jean-C.

– Prêts pour le Tour de France ? a demandé papy Jean en faisant ronfler le moteur de sa 4 L.

– Prêts ! on a tous crié.

Et on a démarré sur les chapeaux de roue pendant que, sur le perron de l'hôtel, maman, mamie Jeannette, papa et Jean-F. nous faisaient de grands au revoir.

La journée a filé comme dans un rêve.

Toute la ville était en fête, décorée de fanions et de petits drapeaux. Il y avait tellement de monde sur les trottoirs qu'il a fallu plusieurs fois rattraper Jean-C. pour éviter de le perdre. Heureusement qu'on avait tous nos tee-shirts de La Famille Moderne : ils sont nuls comme tee-shirts, mais c'est pratique dans la cohue parce qu'on les repère de loin avec leurs rayures pourries.

Plus on se rapprochait de l'arrivée, plus la foule était serrée. L'avenue du bord de mer était noire de monde, avec de la musique et des réclames déversées par les haut-parleurs. Les gens se pressaient derrière les barrières, certains avaient même apporté des tables pliantes et des chaises de pique-nique.

On a fini par se trouver une place en plein soleil, juste sous la banderole des 200 mètres.

— C'est là qu'ils vont déclencher le sprint, a pronostiqué Jean-A. Trop facile pour Eddy Merckx…

— Laisse-moi rire, j'ai fait. Poulidor va gagner les doigts dans le nez.

— Pas commode pour tenir un guidon, a remarqué papy Jean.

Lui et Jean-A. sont à fond pour Eddy Merckx. Moi, mon coureur préféré, c'est Raymond Poulidor. Parce qu'il est français, d'abord, même si je ne suis pas chauvin, mais aussi parce qu'il est toujours deuxième, un peu comme moi avec Jean-A.

On a continué à se chamailler à propos de qui serait le futur vainqueur, puis papy Jean nous a acheté des hot-dogs et des frites, et on a profité que maman ne soit pas là pour se ballonner l'estomac à mort avec du Fanta citron.

— C'est quand qu'ils arrivent, les coureurs ? a commencé à s'impatienter Jean-D.

– Il faut qu'ils fassent le tour entier de la France ? a demandé Jean-E. Même en se dépêçant, ça va être long...

– Peut-être qu'ils ont tous crevé, a suggéré Jean-C. C'est super fragile, les pneus de course.

– C'est pas des pneus, j'ai dit. C'est des boyaux.

– Des vrais boyaux ? a grimacé Jean-D. Comme autour du boudin ? Ça doit sacrément glisser alors...

– Quelles bananes ! a fait Jean-A. en levant les yeux au ciel. Jamais on n'aurait dû emmener les minus.

– T'as raison, j'ai dit. Vivement la voiture-balai, qu'on en soit débarrassés...

On a bien dû poireauter trois heures au soleil. Trois heures, c'est long, même pour des fanatiques comme Jean-A. et moi.

Heureusement, il y a eu la caravane du Tour de France.

Imaginez un défilé de voitures et de camionnettes publicitaires décorées comme des chars de carnaval. On avait bien fait de se mettre au premier rang parce qu'on a eu droit à une avalanche de cadeaux : des autocollants, des casquettes de coureur, des porte-clefs, des fanions, des sacs de plage, des jeux de cartes, des journaux de sport, des ballons, et même des tee-shirts gratuits... Sauf que là, c'était la camionnette de La Famille Moderne qui les distribuait et, manque de chance, ils avaient les mêmes rayures pourries que ceux qu'on portait déjà...

Le plus veinard, ça a quand même été Jean-D. Je ne

sais pas comment il l'a eu, mais il s'est retrouvé à la fin avec le vrai bidon Sonolor-Lejeune de Lucien Van Impe, un autre des champions favoris de Jean-A. !

Jean-A. était vert de jalousie. Il a proposé de le lui échanger contre trois autocollants des charcuteries Grattons, gros et demi-gros, mais Jean-C. a dit que ça ne valait pas, alors Jean-A. a demandé de quoi il se mêlait et ça a failli dégénérer.

— Ils arrivent ! a lancé tout à coup papy Jean.

— Qui ça ? Qui ça ? a demandé Jean-C. qui ne comprend jamais rien.

On avait tous le cœur qui battait à cent à l'heure. D'après le speaker qui s'époumonait dans les haut-parleurs, l'arrivée allait être salement disputée. Pas d'échappée mais un peloton groupé qui fonçait vers la banderole à plus de soixante à l'heure !

— Allez Poupou ! j'ai crié.

— Allez Merckx ! a crié Jean-A.

La foule trépignait, poussait, hurlait. Un peu plus et on allait finir écrasés contre les barrières de sécurité… Même en se démontant le cou, on ne voyait toujours rien. Mais à mesure que la course se rapprochait, la rumeur gonflait, gonflait et vous donnait la chair de poule.

D'abord, il y a eu la patrouille de motards qui ouvrait la route. Puis les voitures des directeurs sportifs, celles des journalistes de la radio et de la télé, avec leur casque et leur micro. Le peloton n'était plus très loin.

– Allez les motards ! a crié Jean-C. qui ne comprend jamais rien.

– Allez le Maillot zaune ! a crié Jean-E.

– Allez les Jean ! a crié papy Jean.

– C'est qui, les Jean ? a demandé un monsieur à côté de nous.

– Une fameuse équipe, croyez-moi, a expliqué papy.

– Alors, allez les Jean ! a crié le monsieur à côté de nous.

En fait, les coureurs sont passés tellement vite qu'on a tout juste réussi à apercevoir le Maillot jaune au milieu du peloton.

Impossible de reconnaître Merckx ou Poulidor dans cette marée de dos ronds fonçant au coude à coude. Ni Lucien Van Impe, ni Ocana, ni De Vlaeminck… On avait beau les avoir en portrait sur les vignettes Panini, ce n'est pas pareil en vrai. Le temps de crier : « Allez Poupou ! Allez Merckx ! » et c'était déjà fini.

On s'est quand même attardés pour voir arriver les derniers du classement, puis la voiture-balai. On n'avait pas patienté si longtemps pour repartir aussi sec, alors on est même restés pour regarder passer l'arroseuse municipale qui nettoyait derrière la course, au cas où des retardataires auraient été aussi lâchés par la voiture-balai.

On a quitté l'avenue bons derniers, avec nos cadeaux publicitaires plein les bras. C'est maman qui allait être contente qu'on rapporte ça dans les valises… Mais pas question de jeter quoi que ce soit :

les souvenirs du Tour de France, c'est sacré. Seul Jean-A. était un peu déçu. Il espérait que les coureurs allaient se débarrasser de leur bidon pour le sprint et qu'il pourrait en récupérer un. Peut-être même celui du Maillot jaune, qui sait ? Ça aurait fait super bien sur le demi-course à sept vitesses qu'il a reçu pour son anniversaire. Tous ses copains auraient été jaloux, alors que là, à mon avis, Jean-A. pouvait toujours courir pour les épater avec ses autocollants des charcuteries Grattons.

— Au fait, a demandé Jean-C. quand on est remontés dans la 4 L de papy Jean, qui est-ce qui a gagné ?

C'était une bonne question. Dans le bruit et la cohue, on n'avait même pas entendu le speaker annoncer le vainqueur.

— Quelle équipe de bras cassés ! a rigolé papy Jean. Vos parents vont croire qu'à la place, je vous ai emmenés faire les quatre cents coups…

C'est papa qui nous a appris le nom du vainqueur de l'étape. En fait, il avait dû regretter de ne pas venir avec nous parce que, l'après-midi, à la plage, il avait faussé compagnie à mamie Jeannette pour écouter en douce l'arrivée du Tour à la radio du loueur de voiliers.

— Hourra, c'est Eddy Schmerck ! s'est écrié Jean-D.

— Merckx, banane, a corrigé Jean-A. en se rengorgeant comme si c'était lui qui avait gagné le sprint.

— Banane toi-même, a riposté Jean-D. Tu veux une beigne ?

– Une beigne de minus ? a ricané Jean-A. Laisse-moi rire. Tu peux toujours me supplier, jamais je t'échangerai ton bidon pourri contre mes autocollants…

Ce soir-là, avant de repartir, papy Jean nous a pris en photo tous les six sur le perron de l'hôtel.

Papa, qui avait l'air content d'être bientôt débarrassé de mamie Jeannette, a voulu en faire une autre, cette fois avec papy Jean. On a tous sur la tête une casquette du Tour, même Jean-F., et on lève les bras en criant : « Hourra ! » comme si on était premiers au classement par équipe.

Je l'ai collée dans mon cahier spécial Tour de France 1970. Et chaque fois que je la regarde, je me dis qu'on a beaucoup de chance d'avoir un grand-père comme lui.

Dans l'équipe des Jean, c'est lui notre Maillot jaune.

La carte postale

Les vacances aux Roches Rouges sont déjà presque terminées.

Plus que trois jours et il faudra rentrer à la maison. C'est drôle, parce qu'on a l'impression d'être arrivés hier. Alors on se dépêche d'en profiter au maximum.

Depuis J-0, Jean-A. se fait appeler Jean-Eddy.

– Comme Jean-Ai-Dit-Des-Sottises ? j'ai rigolé.

En fait, il a de la chance que son champion soit Eddy Merckx : Jean-Eddy, ça sonne vraiment mieux que Jean-Raymond, ou même que Jean-Poupou.

– Comme ça, a continué Jean-A., si je ne réussis pas dans le vélo, je pourrai toujours tenter ma chance comme chanteur yé-yé.

À la plage, impossible de lui faire enlever son tee-shirt. Pas par peur des coups de soleil – juste pour avoir un bronzage de coureur cycliste et frimer auprès

de ses copains en rentrant… Jean-D. a fini par lui échanger son bidon Sonolor-Lejeune contre deux paquets de Bastos Milk et Jean-A., chaque fois qu'il y a une fille qui passe, fait semblant de boire dedans comme s'il se ravitaillait au milieu d'une échappée.

Moi, plus tard, le Tour de France, je le ferai comme directeur sportif, pas comme coureur. Au lieu de pédaler comme un malade, je suivrai toutes les étapes de montagne debout dans une voiture décapotable.

— Je croyais que tu voulais devenir agent secret, a remarqué Jean-A.

— Et alors ? j'ai dit. Je serai agent secret dans l'année et directeur sportif l'été.

— Pas mal, il a avoué. Comme ça, tu pourras graisser mon dérailleur et changer mes boyaux quand j'aurai crevé.

— Tu peux toujours compter là-dessus, j'ai ricané. Pas de tocard dans mon équipe.

— Tocard toi-même, il a fait.

— Bon d'accord, j'ai dit. Mais seulement si tu es meilleur grimpeur ou Maillot jaune.

— Pédaler pour l'équipe Jean-Bon ? il a ricané à son tour. Plutôt mourir.

Dommage que Jean-A. et moi on n'ait pas pu apporter nos demi-course. Le directeur des Roches Rouges, celui qui ressemble au professeur Bergamotte, nous a dégoté une vieille bécane de la marine, alors l'après-midi, on s'amuse à faire des contre-la-montre autour de l'hôtel. Le problème, c'est que c'est un tandem à deux places : Jean-A. veut toujours se mettre à l'arrière, comme ça il se laisse traîner en faisant semblant de pédaler et ça finit toujours mal.

Ce qui finit toujours mal, aussi, c'est Jean-C. Depuis la soirée au cirque Pipolo, il prépare son propre numéro. Papa et maman l'ont trouvé en train de cribler la porte de la chambre avec les fléchettes de l'hôtel, les yeux bandés, pendant que Jean-D. faisait la cible vivante. Ça a sacrément bardé pour son matricule ! Alors, depuis, il s'entraîne à jongler avec les boules de pétanque, celles en plastique, bien sûr.

Parmi les bonnes nouvelles, Jean-D. et Jean-E. ont fini septième au concours de châteaux de sable organisé par le club Mickey. Ils ont reçu chacun en cadeau un filet bourré d'illustrés et de jeux de plage, plus un diplôme officiel qu'ils emportent partout sous le bras tellement ils sont fiers.

Quant à Jean-F., il marche de mieux en mieux. Sa

spécialité, c'est de courir pieds nus sur les serviettes que les gens ont étendues sur le sable. À l'hôtel, il veut toujours jouer au ping-pong avec nous. Mais comme sa tête arrive tout juste à hauteur de la table et qu'il n'aime que smatcher, personne ne veut faire de partie avec lui. Alors il se met à hurler, papa intervient et, puisqu'on est incapables de le laisser finir tranquillement ses mots croisés une seule fois durant ces vacances, papa prive tout le monde de ping-pong et nous envoie méditer dans notre chambre jusqu'au dîner.

Maman, qui commence à rassembler les affaires, fait une drôle de tête en voyant ce qu'il va falloir caser dans les bagages.

– Ne t'inquiète pas, chérie, l'a rassurée papa. Il suffit d'un peu d'organisation.

– C'est curieux, a dit maman. J'ai l'impression d'avoir déjà entendu cette phrase…

En tout cas, elle et papa sont drôlement bien reposés. Le dernier soir, papa nous a même offert l'apéritif sur la terrasse. Le soleil se couchait au loin sur la mer, on était rassemblés tous les huit, les cheveux encore humides de la douche et un pull sur les épaules parce qu'il faisait un peu frais… C'était magique.

– Alors, mes Jean, a fait papa en levant son verre. Vous avez aimé nos vacances ?

– C'était super ! on a crié.

– Un ban pour la marine et l'Hôtel des Roches Rouges, alors ? Hip, hip, hip…

– ... Hourra !

Toutes les autres familles nous ont regardés avec inquiétude, comme si on venait de faire sauter des pétards oubliés du 14 Juillet. D'habitude, maman déteste qu'on se fasse remarquer, mais là elle s'en était donné à cœur joie, elle aussi.

– Tu crois qu'on reviendra un jour, chéri ? elle a demandé.

– Qui sait ? a dit papa d'un air mystérieux.

En fait, on n'était pas vraiment tristes de partir. Les grandes vacances commençaient à peine, avec devant nous la promesse de trois semaines à la campagne chez papy Jean et mamie Jeannette, comme l'an dernier.

– Et si on laissait un mot sur le Livre d'or de l'hôtel ? a suggéré papa.

– C'est quoi, un Livre d'or ? a demandé Jean-D.

– Une sorte d'album de souvenirs, a expliqué maman. Qui d'entre vous veut s'en charger ?

– Moi ! on a tous crié.

Il a fallu tirer au sort et c'est Jean-E. qui a gagné. Comme il ne sait pas écrire, il a dicté à Jean-C. :

L'Hôtel des Roces Rouzes, c'était zénial ! Le meilleur trois-z'étoiles de la marine !

– Tu zozotes par écrit, maintenant ? a ricané Jean-A.

– Ze zozote pas, banane, s'est vexé Jean-E. C'est Zean-C. qui est nul en orthographe.

– Parés pour un repas de gala ? a demandé papa avant que ça dégénère.

– Parés ! on a répondu en bondissant de nos chaises.

On avait tous une sacrée faim. En plus, si on allait dîner trop tard, on risquait d'avoir moins de choix sur le chariot de pâtisseries.

– Une minute ! nous a rattrapés maman. Est-ce que vous n'oubliez rien ?

On ne voyait vraiment pas de quoi elle parlait.

– Vous avez une carte postale à refaire, elle a dit. Vous vous souvenez ? Celle pour vos chers cousins…

– Tu as raison, chérie, a opiné papa. Les bons souvenirs sont faits pour être partagés.

On a eu beau râler, pas moyen d'y couper. Maman a de la suite dans les idées, on n'irait pas dîner sans avoir écrit cette fichue carte.

Alors cette fois, tous les six, on s'est vraiment creusé le cigare et on a écrit :

Chers cousins Fougasse,
On voulait vous remercier pour les vieux shorts déjà portés que vous nous avez envoyés. Ils nous boudinent juste un peu parce qu'on est plus costauds que vous, mais ça va. En échange, est-ce que vous voulez nos super tee-shirts rayés de La Famille Moderne ? On vous les donne avec plaisir, si maman est d'accord… À part ça, on est dans un hôtel trois étoiles avec frites à volonté. On fait du bateau, de la plongée, on va au cirque… Ah ! tiens, on a aussi rencontré Eddy Merckx et Poulidor. Dommage

pour vous que le Tour de France passe trop loin de votre camping surchauffé. C'est vraiment pas de chance !

On vous embrasse très sincèrement.

C'était bien assez long pour une carte postale. Surtout pour les cousins Fougasse.

Alors on a signé : Jean-A., Jean-B., Jean-C., etc., et on a filé comme des dératés vers la salle à manger en espérant qu'il resterait encore six parts de tarte aux pommes sur le chariot de pâtisseries.

Table des matières

Jean-Philippe Arrou-Vignod

L'auteur

Jean-Philippe Arrou-Vignod est né le 18 septembre 1958 à Bordeaux. Il a vécu successivement à Cherbourg, Toulon, Antibes, avant de se fixer en banlieue parisienne. Après des études à l'École normale supérieure et une agrégation de lettres, il est professeur de français dans un collège. Boulimique de lecture durant toute son enfance, il s'essaie à son tour très tôt à l'écriture et publie son premier roman en 1984 chez Gallimard. Lorsqu'il écrit pour les enfants, il se fie à ses souvenirs, avec le souci constant d'offrir à ses lecteurs des livres qu'il aurait aimé lire à leur âge. Il est notamment l'auteur de la série Enquête au collège (Folio Junior).

Dominique Corbasson

L'illustratrice

Dominique Corbasson a fait des études de dessin aux Arts appliqués. Elle est devenue styliste puis, de la mode, elle est passée à l'illustration. Depuis plusieurs années, elle dessine pour la presse féminine, la publicité, les livres d'enfants… en France, au Japon et aux États-Unis. Elle a également signé la bande dessinée *Les Sœurs Corbi* chez Gallimard. Dominique Corbasson est mère de trois enfants.

Retrouvez la famille
des « Jean-Quelque-Chose »

dans la collection

L'OMELETTE AU SUCRE

n° 1007

Connaissez-vous l'omelette au sucre ? Rien de moins com-
pliqué à préparer. Prenez une famille de cinq garçons.
Ajoutez-y un bébé à naître, un cochon d'Inde et une poignée de souris blanches. Mélangez bien le tout, sans
oublier une mère très organisée, un père champion du bri-
colage et quelques copains d'école à l'imagination débor-
dante. Saupoudrez d'une pincée de malice et d'émotion,
et servez aussitôt. C'est prêt... À consommer sans modé-
ration !

LE CAMEMBERT VOLANT

n° 1268

Quand on est six frères et qu'on s'appelle Jean-A., Jean-B., Jean-C., Jean-D., Jean-E. et Jean-F., impossible de s'ennuyer un seul instant. Au menu de cet été : un déménagement, des vacances chez papy Jean, un poisson nommé Suppositoire, une ribambelle de cousins aux oreilles décollées… sans oublier, bien sûr, un mystérieux camembert volant et des parents pas trop coulants. Décidément, ça déménage chez les Jean !

La soupe de poissons rouges

n° 1438

Jean-A., Jean-B., Jean-C., Jean-D., Jean-E., Jean-F. et leurs parents ont déménagé. Mais entre un coq de combat, une voisine sourde comme un pot, une carabine à patate, les premières boums et les bagarres avec la bande des Castors, leur nouvelle vie à Toulon est loin d'être de tout repos… Heureusement que papa sait tout faire de ses dix doigts et que maman est très organisée !

Mise en pages : David Alazraki

Loi n° 49-956 du 16 juillet 1949
sur les publications destinées à la jeunesse
ISBN : 978-2-07-062266-5
Numéro d'édition : 184372
Dépôt légal : avril 2011

Imprimé en Espagne chez Novoprint (Barcelone)